Joachim Ziegler

AF285536

Märchen und Sagen aus dem Schlesierland

Vorbemerkung:
Der vorliegende Text ist mein geistiges Eigentum. Für gewerbliche Zwecke ist jedes Kopieren in Auszügen, als GesamtText, sowie zur Vervielfältigung auch in jeglicher anderer Form nur mit meinem vorherigen schriftlichen Einverständnis erlaubt. Die vorliegende freie Bearbeitung der ein Eigentum der Allgemeinheit darstellenden Deutschen Märchen und Sagen orientiert sich an der Immerverfügbarkeit des Genres gerade in unserer heutigen schwierigen Zeit.
Joachim Ziegler, 27.November 2009.

Bibliografische Information der Deutschen Bibliothek:
Die Deutsche Bibliothek verzeichnet diese Publikation in der Deutschen Nationalbibliografie; detaillierte Informationen sind im Internet über
<http://dnb.d-nb.de> abrufbar.

©2009 Joachim Ziegler
Herstellung und Verlag: Books on Demand GmbH, Norderstedt
ISBN: 9783839145708

Joachim Ziegler

Märchen und Sagen aus dem Schlesierland

Vorwort:

Märchen und Sagen stellen Kulturgut eines Volkes dar. Die wissenschaftlichen Arbeiten der Brüder Grimm zu diesem Thema stehen am Beginn einer Epoche, die Märchen und Sagen international zu einem Thema der Wissenschaft machte. Allgemein bekannt und berühmt sind jedoch viel mehr als diese Arbeiten von den Brüdern Grimm deren Märchensammlungen, von denen ich einige Märchen gemeinsam mit unabhängig von den Brüdern Grimm edierten Sagen im vorliegenden Text in frei bearbeiteter Form auf die Schlesische Oberlausitz umgeschrieben habe. Daß Märchen und Sagen für die Gegenwart einen Lern-Wert haben können, nämlich die Struktur historischer Zusammenhänge als wiederholbar zu begreifen und Menschen in sowohl all ihren Höhen und Tiefen als auch in Verhaltensstrukturen für die Lernerfahrung als Lösungsvorschläge in Alltagssituationen darzustellen, macht Märchen und Sagen besonders für Kinder zu einem so wertvollen Erziehungsmittel, zumal diese Lektüre Kindern leicht zugänglich ist.

Inhaltsverzeichnis:

Der Froschkönig

In den alten Zeiten, wo das Wünschen noch geholfen
hat, lebte eine Königin, deren Söhne waren alle schön,
aber der jüngste war so schön, daß die Sonne selber, die
doch so vieles gesehen hat, sich verwunderte, sooft sie
ihm ins Gesicht schien. Nahe bei dem Schlosse der
Königin lag ein großer dunkler Wald, und in dem
Walde unter einer alten Linde war ein Brunnen: wenn
nun der Tag recht heiß war, so ging das Königinkind
hinaus in den Wald und setzte sich an den Rand des
kühlen Brunnens: und wenn er Langeweile hatte, so
nahm er eine goldene Kugel, warf sie in die Höhe und
fing sie wieder; und das war sein liebstes Spielwerk.
Nun trug sich einmal zu, daß die goldene Kugel dem

Königinsohn nicht in sein Händchen fiel, das er in die Höhe gehalten hatte, sondern vorbei auf die Erde schlug und geradezu ins Wasser hineinrollte. Der Königinsohn folgte ihr mit den Augen nach, aber die Kugel veschwand, und der Brunnen war tief, so tief, daß man keinen Grund sah. Da fing er an zu weinen, und weinte immer lauter und konnte sich gar nicht trösten. Und wie er so klagte, rief ihm jemand zu: „Was hast du vor, Königinsohn, du schreist ja, daß sich ein Stein erbarmen möchte." Er sah sich um, woher die Stimme käme, da erblickte er eine Kröte, die ihren dicken häßlichen Kopf aus dem Wasser streckte. „Ach du bist´s, alte Wasserpantscherin", sagte er, „ich weine über meine goldene Kugel, die mir in den Brunnen hinabgefallen ist." „Sei still und weine nicht", antwortete die Kröte, „ ich kann wohl Rat schaffen, aber was gibst du mir, wenn ich dein Spielwerk wieder heraufhole?" „Was du haben willst liebe Kröte", sagte er, „ meine Kleider, meine Perlen und Edelsteine, auch noch die goldene Krone, die ich trage." Die Kröte antwortete:"Deine Kleider, deine Perlen und Edelsteine, und deine goldene Krone, die mag ich nicht; aber wenn du mich liebhaben willst, und ich soll deine Gesellin und Spielkameradin sein, an deinem Tischl neben dir sitzen, von deinem goldenen Näppl essen, aus deinem Täppl trinken, in deinem Bettl schlafen – wenn du mir das versprichst, so will ich hinuntersteigen und dir die goldene Kugel wieder heraufholen.." „Ach ja", sagte er, „ich verspreche dir alles, was du willst, wenn du mir nur die Kugel wiederbringst." Er dachte aber, was die einfältige Kröte schwätzt, die sitzt im Wasser bei ihresgleichen und quakt, und kann keines Menschen Gesellin sein.

Der Kröte, als sie die Zusage erhalten hatte, tauchte ihren Kopf unter, sank hinab und über ein Weilchen kam sie wieder heraufgerudert, hatte die Kugel im Maul und warf sie ins Gras. Der Königinsohn war voll Freude, als er sein schönes Spielwerk wieder erblickte, hob es auf und sprang damit fort. „Watte, watte", rief die Kröte, „nimm mich mit, ich kann nicht so laufen wie du." Aber was half ihr, daß sie ihm ihr Quakquak so laut nachschrie, als sie konnte! er hörte nicht darauf, eilte nach Haus und hatte bald die armen Kröte vergessen, die wieder in ihren Brunnen hinabsteigen mußte. Am andern Tage, als er mit dem König und allen Hofleuten sich zur Tafel gesetzt hatte und von seinem goldenen Näppl aß, da kam, plitsch platsch, plitsch platsch, etwas die Marmortreppe heraufgekrochen, und als es oben angelangt war, klopfte es an der Tür und rief:"Königinsohn, jüngster, mach mir auf." Er lief und wollte sehen, wer draußen wäre, als er aber aufmachte, so saß die Kröte davor. Da warf er die Tür hastig zu, setzte sich wieder an den Tisch, und war ihm ganz angst. Die Königin sah wohl, daß ihm das Herz gewaltig klopfte, und sprach:"Mein Kind, was fürchtest du dich, steht etwa eine Riesin vor der Tür

und will dich holen?" „Ach nein",antwortete er , „es ist
keine Riesin, sondern eine ähkliche Kröte." „Was will
die Kröte von dir?" „Ach liebe Mutter , als ich gestern
im Wald bei dem Brunnen saß und spielte, da fiel meine
goldene Kugel ins Wasser. Und weil ich so weinte, hat
sie die Kröte wieder heraufgeholt, und weil sie es
durchaus verlangte, so versprach ich ihr, sie sollte meine
Gesellin werden, ich dachte aber nimmermehr, daß sie
aus ihrem Wasser heraus könnte. Nun ist sie haußen
und will zu mir herein." Indem klopfte es zum
zweitenmal und rief:"

„Königinsohn, jüngster,
mach mir auf,
weißt du nicht, was gestern
du zu mir gesagt
bei dem kühlen Brunnenwasser?
Königinsohn, jüngster,
mach mir auf."

Da sagte die Königin:"Was du versprochen hast, das
mußt du auch halten; geh nur und mach ihr auf." Er
ging und öffnete die Tür, da hüpfte die Kröte herein,
ihm immer auf dem Fuße nach, bis zu seinem Stuhl. Da
saß sie und rief:"Heb mich herauf zu dir." Er zauderte,
bis es endlich die Königin befahl. Als die Kröte erst auf
dem Stuhl war, wollte sie auf den Tisch, und als sie da
saß, sprach sie:"Nun schieb mir dein goldenes Näppl

näher, damit wir zusammen essen." Das tat er zwar, aber man sah wohl, daß er´s nicht gern tat. Die Kröte ließ sich´s gut schmecken, aber ihm blieb fast jedes Bißlein im Halse. Endlich sprach sie:"Ich hab mich sattgegessen und bin müde, nun trag mich in dein Kämmerlein und mach dein seiden Bettl zurecht, da wollen wir uns schlafen legen." Der KöniginSohn fing an zu weinen und fürchtete sich vor der kalten Kröte, die er nicht anzurühren getraute und die nun in seinem scheenen reenen Bettl schlafen sollte. Die Königin aber ward zornig und sprach:"Wer dir geholfen hat, als du in der Not warst, den sollst du hernach nicht verachten."Da packte er sie mit zwei Fingern, trug sie hinauf und setzte sie in eine Ecke. Als er aber im Bettl lag, kam sie gekrochen und sprach:" Ich bin müde, ich will schlafen so gut wie du; heb mich herauf, oder ich sag´s deiner Mutter." Da ward er erst bitterböse, holte sie herauf und warf sie aus allen Kräften wider die Wand. „Nun wirst du Ruhe haben, du ähkliche Kröte." Als sie aber herabfiel, war sie keine Kröte, sondern eine Königstochter mit scheenen und freundlichen Augen. Die war nun nach seiner Mutters Willen seine liebe Gesellin und Gemahlin. Da erzählte sie ihm, sie wäre von einem bösen Hexer verwünscht worden, und niemand hätte sie aus dem Brunnen erlösen können als er alleine, und morgen wollten sie zusammen in ihr Reich gehen. Dann schliefen sie ein, und am andern Morgen, als die Sonne sie aufweckte, kam ein Wagen

herangefahren, mit acht weißen Pferden bespannt, die hatten weiße Straußfedern auf dem Kopf und gingen in goldenen Ketten, und hinten stand der Diener der jungen Königin, das war der treue Heinrich. Der treue Heinrich hatte sich so betrübt, als seine Herrin war in einen Kröte verwandelt worden, daß er drei eiserne Bande hatte um sein Herz legen lassen, damit es ihm nicht vor weh und Traurigkeit zerspränge. Der Wagen aber sollte den jungen König in ihr Reich abholen; der treue Heinrich hob beide hinein, stellte sich wieder hinten auf und war voller Freude über die Erlösung. Und als sie ein Stück Wegs gefahren waren, hörte die Königstochter, daß es hinter ihr krachte, als wäre etwas zerbrochen. Da drehte sie sich um und rief:
„Heinrich, der Wagen bricht." -
„Nein, Herrin, der Wagen nicht,
es ist ein Band von meinem Herzen,
das da lag in großen Schmerzen,
als ihr in dem Brunnen saßt,
als ihr eine Kreete wast."

Noch einmal und noch einmal krachte es auf dem Weg, und die Königstochter meinte immer, der Wagen bräche, und es waren doch nur die Bande, die vom Herzen des treuen Heinrich absprangen, weil sein Herrin erlöst und glücklich war.

14

Die Katl und der Friedel

Es war eine Frau, die hieß Katl und ein Mann, der hieß Friedel, die hatten einander geheiratet und lebten zusammen als junge Eheleute. Eines Tages sprach die Katl: „Ich will jetzt zu Acker, Friedel, wann ieh wiederkomm, muß etwas Gebratenes auf dem Tisch stehen für den Hunger und ein frischer Trunk dabei für den Durst."

„Geh nur, Katlinchen", antwortete der Friedel, „geh nur, will dir´s schon recht machen."

Als nun die Essenszeit herbeirückte, holte er eine Wurst aus dem Schornstein, legte sie in den Bräter, tat die Butter dazu und stellte ihn übers Feuer. Die Butter fing an zu zaloofn und zu bruzeln, Friedel stand dabei, hielt den Bräter und hatte so seine Gedanken: Da fiel ihm ein: ´Bis die Butter zaloofn iss, daweil könntest du ja im Keller den Trunk zapfen.` Also stellte er den Bräter fest ufs Feuer, nahm eine Kanne, ging hinab in den Keller und zapfte Bier. Das Bier lief in die Kanne, und Friedel sah im zu, da fiel ihm ein: ´O nej , der Hund oben ist nieh beigetan, der könnte die Wurst aus dem Bräter holen, du kämst mir recht!`, und im Nu war er die

Kellertreppe hinauf; aber der Spitz hatte die Wurst schon im Maul und schleifte sie auf der Erde mit sich fort. Doch Friedel, nicht faul, setzte ihm nach und jagte ihn ein gut Stück ins Feld; aber der Hund war geschwinder als Friedel, ließ auch die Wurst nicht fahren, sondern über die Äcker hin hüpfen.„Hin ist hin!" sprach Friedel, kehrte um, und weil er sich müde gelaufen hatte, ging er hübsch langsam und kühlte sich ab. Während der Zeit lief das Bier aus dem Faß als weiter, denn Friedel hatte den Hahn nicht umgedreht, und als die Kanne voll und sonst kein Platz da war, so lief es in den Keller, und hörte nicht ehr auf, als bis das ganze Faß leer war. Friedel sah schon auf der Treppe das Unglück. „ Himmel Sakra !", rief er, „was fängst du jetzt an, daß es Katl nieh merkt!" Er besann sich ein Weilchen, endlich fiel ihm ein, von der letzten Kermes stände noch ein Sack mit scheenem Weizenmehl auf dem Boden, das wollte es herabholen und in das Bier streuen. „Ja", sprach er, „ wer zu rechter Zeit was spart, der hat´s hernach in der Not", stieg auf den Boden, trug den Sack herab und warf ihn gerade auf die Kanne voll Bier, daß sie umstürzte und der Trunk der Katl auch im Keller schwamm. „Es ist ganz recht", sprach Friedel, „wo eins ist, muß das andere auch sein", und zerstreute das Mehl im ganzen Keller. Als er fertig war, freute er sich über seine Arbeit und sagte,"Is ja mächtichgewaltig! Wie´s so scheene reene hier aussieht!"

Um die Mittagszeit kam die Katl heim. „Nun, Moann, was haste mir zurechtgemacht?" „Ach Gottl nee, Katlinchen", antwortete er, „ieh wollte dir ja eine Wurst braten, aber während ieh das Bier dazu zapfte, hat sie der Hund aus der Pfanne wechgeholt, und während ieh dem Hund nachsprang, ist das Bier ausgelaufen, und als ieh das Bier mit dem Weizenmehl auftrocknen wollte, hab ieh die Kanne auch noch umgeschmissen; aber sei nur zufrieden , der Keller ist wieder ganz trocken." Sprach die Katl: „Friedel, Friedel, das hättest du nieh müssen tun! Läßt die Wurst wechholen und das Bier aus dem Faß loofn und verschüttst obendrein unser feines Mehl." „Ja, Katlinchen, das habe ieh nieh gewußt. Hättest mir´s müssen sagen."

Die Frau dachte:`Geht das so mit deine Moann, so mußt du dich besser vorsehen.` Nun hatte sie eine hübsche Summe Taler zusammengebracht, die wechselte sie in Gold ein und sprach zum Friedel: „Sisste, das sind gelbe Böhmische Gickelinge, die will ieh in einen Topf tun und im Stall unter der Kuhkrippe vergraben; aber daß du mir ja davon bleibst, sonst geht dir´s schlimm." Sprach er: „Nein, Katlinchen, will´s freilich nieh tun." Nun, als die Katl fort war, da kamen Krämer, die irdne Näppl und Täppl feil hatten, ins Dorf und fragten bei dem jungen Mann an, ob er nichts zu handeln hätte. „Oh ihr lieben Leute", sprach Friedel, „ich habe kein Geld und

kann nischte koofen; aber könnt ihr gelbe Böhmische Gickelinge broochen, so will ieh wohl koofen." „Gelbe Böhmische Gickelinge, warum nicht? Laßt sie einmal sehen." „So geht in den Stall und grabt unter der Kuhkrippe, so werdet ihr die Gickelinge finden, ieh durf nieh dabei gehen." Die Spitzbuben gingen hin, gruben und fanden eitel Gold. Da packten sie auf damit, liefen fort und ließen Täppl und Näppl im Hause stehen. Friedel meinte, er müßte das neue Geschirr auch brauchen; weil nun in der Küche ohnehin kein Mangel daran war, schlug er jedem Täppl den Boden aus und steckte sie insgesamt zum Zierat auf die Zaunpfähle ums Haus zengsrim . Wie die Katl kam und den neuen Zierat sah, sprach sie: „Friedel, was haste gemacht?" „Hab´s gekooft, Katlinchen, für die Gickelinge, die unter der Kuhkrippe steckten: Bin selber nieh dabeigegang, die Krämer haben sich´s müssen herausgraben."
„Ach, menn´ Männl", sprach die Katl," was haste gemacht! Das waren keene Gickelinge, es war eitel Gold und war all unser Vermögen; das hättste nieh sollen tun." „Ja, Katlinchen, das hab´ ieh nieh gewußt, hättest mir´s vorher sollen sagen."

Friedel stand ein Weilchen und besann sich, da sprach er:"Hierschte, Katlinchen, das Gold mechtn wir schon wieder kriegen, mechten hinter den Diebinnen herloofen." „So komm", sprach die Katl,"wir mechtn´s vasuchen; nimm aber Butter und Käse mit, damit wir

auf dem Weg was zu essen haben." „Ja, Katlinchen, will
´s mitnehmen." Sie machten sich fort, und weil die Katl
besser zu Fuß war, ging der Friedel hinten nach. `Ist
meinVorteil`, dachte er, `wenn wir umkehren, hab ieh ja
´n Stückl voraus.` Nun kam er an einen Berg, wo auf
beiden Seiten des Wegs tiefe Fahrgleisen waren. „Na
guck an!", sprach Friedel, „was sie das arme Erdreich
zerrissen, geschunden und gedrückt haben! Das wird
sein Läbtaach nieh wieder heil."
Und aus mitleidigem Herzen nahm er seine Butter und
bestrich die Gleisen, rechts und links, damit sie von den
Rädern nicht so gedrückt würden; und wie er sich bei
seiner Barmherzigkeit so bückte, rollte ihm ein Käse aus
der Tasche den Berg hinab. Sprach der Friedel:"Ieh hab
den Weg schon eenmol nuff gemacht, ieh gehe ihn nieh
wieder nunder, es mechtn anderer hinloofen und ihn
wiederholen." Also nahm er einen andern Käse und
rollte ihn hinab. Die Käse aber kamen nicht wieder, da
ließ er noch einen dritten hinablaufen und dachte:
´Valleichte watten sie uf Gesellschaft und gähn nieh
gerne aleene.´ Als sie alle drei ausblieben, sprach er:
„Ieh weeß nieh, was das vorstellen soll! Kann´ock sein,
der dritte hat den Weg nieh gefunden und sich vairrt,
ieh will nur den vierten schicken, daß er sie herbeiruft."
Der vierte machte es aber nicht besser als der dritte. Da
wurde der Friedel fuchsig und warf noch den fünften
und sechsten hinab, und das waren die letzten. Eine
Zeitlang blieb er stehen und lauerte, daß sie kämen, als

sie aber als nicht kamen, sprach er: „O ihr seid gutt nach dem Tod schicken, ihr bleibt fein lange us; meent ´ihr, ieh wollt noch länger uf euch watten? Ieh gäh meener Wäge, ihr könnt mir nachloofen, ihr habt jüngere Beine wie Iche." Friedel ging fort und fand die Katl, die war stehengeblieben und hatte gewartet, weil sie gerne was essen wollte. „Nu gib amol her, wasde mitgenomm hast." Er reichte ihr das trockene Brot. „Wo ist Butter und Käse?", fragte die Frau. „Ach Gottl nee, Katlinchen ", sagte Friedel, „ mit der Butter hab´ ieh die Fahrgleisen geschmiert, und die Käse werrn bald kommen; eener lief mir fort, da hab´ ieh die andern noochgeschickt, sie mechtn ihn rufen." Sprach die Katl: „Das hättste nieh sollen tun, Friedel, die Butter un Wäg schmieren und die Käse den Berg nunderrollen." „Ja, Katlinchen, hättest mir´s müssen sagen."

Da aßen sie das trockene Brot zusammen, und die Katl sagte: „ Friedel, haste ooch unser Haus verwahrt, wie d´ wechgegang bist?" „Nee, Katlinchen, hättst mir´s vorher sollen sagen." „So geh wieder derheeme und bewahr erst das Haus, ehe wir weitergehen; bring ooch was anderes zu essen mit, ieh will hier auf dich watten." Friedel ging zurück und dachte:"Katlinchen will etwas anderes zu essen, Butter und Käse schmeckt ihr wohl nieh, so will ieh n Tuch voll Hutzeln und n Krug Essig zum Trunk mitnähm.´ Danach riegelte er die Obertüre zu, aber die Untertüre hob er aus, nahm sie auf die Schulter und glaubte, wenn er die Türe in Sicherheit gebracht hätte, müßte das Haus wohl bewahrt sein. Friedel nahm sich Zeit zum Weg und dachte: ´Destolänger ruht sich die Katlinchen aus.` Als er sie wieder erreicht hatte, sprach er: "Da, Katlinchen, haste die Haustüre, da kannste das Haus selber verwahren." „Ach Gottl Nee", sprach sie, „was hab´ ieh für en klugen Moann! Hebt die Türe unten us, daß alles hineinloofen koann, und riegelt sie oben zu. Jetzt iss´es zuspät, noch eenmol derheeme zu gehen, aber haste die Tür hier her gebracht, so sollst´se ooch weeter tragen." „Die Türe will ieh tragen, Katlinchen, aber die Hutzeln und der Essigkrug werrn mir zu schwer: Ieh häng se an die Türe: Sie meecht se tragen."

Nun gingen sie in den Wald und suchten die Spitzbuben, aber sie fanden sie nicht. Weil´s endlich finster ward, stiegen sie auf einen Baum und wollten da übernachten. Kaum aber saßen sie oben, so kamen die Kerle daher, die forttragen, was nicht mitgehen will, und die Dinge finden, ehe sie verloren sind. Sie ließen sich gerade unter dem Baum nieder, auf dem Katl und Friedel saßen, und machten sich ein Feuer an und wollten ihre Beute teilen. Die Katl stieg von der andern Seite herab und sammelte Steine, stieg damit wieder hinauf und wollte die Diebe totwerfen. Die Steine aber trafen nicht, und die Spitzbuben riefen:"Es ist bald Morgen, der Wind schüttelt die Tannäpfel nunder." Friedel hatte die Türe noch immer auf der Schulter, und weil sie so sehr drückte, dachte er, die Hutzeln wären schuld, und sprach:"Du, Katlinchen, ieh muß die Hutzeln hinabwerfen." „Nein, Friedel, jetze nieh", antwortete sie, „sie könnten uns varraten." „Ach Gottl nee, Katlinchen , ieh muß, sie drücken mich gar zu sehr." „Nu, so tu´s in Henkers Namen!" Da rollten die Hutzeln zwischen den Ästen herab, und die Kerle unten sprachen:"Die Vögel misten." Eine Weile danach, weil die Türe noch immer drückte, sprach Friedel:" Ach Gottl nee, Katlinchen, ieh muß den Essig ausschütten.." „Nej, Friedel, das durfste nieh, es könnte uns varraten." „Ach Gottl nee, Katlinchen, ieh muß, er drückt mich gar zu sehr." „ Nun, so tu´s in Henkers Namen!" Da schüttete er den Essig aus, daß es die Leute bespritzte. Sie sprachen untereinander:" Der Tau tröpfelt schon herunter." Endlich dachte Friedel:´Sollte es wohl die Türe sein, was mich so drückt?` und sprach:"Du, Katlinchen, ieh muß dieTür herabwerfen." „Nej, Friedel, jetze nieh, sie könnte uns varraten."Ach Gottl nee, Katlinchen, ieh muß, se drückt mich gar zu sehr." „ Nej, Friedel, halt se ja feste." „Ach Gottl nee, Katlinchen, ieh lass sie fallen." „Ei", antwortete Katl ärgerlich, „so lass sie fallen in Daiwels Namen!" Da fiel sie herunter mit starkem Gepolter, und die Kerle unten riefen: „Der Daiwel kommt vom Baum herab", rissen aus und ließen alles im Stich. Frühmorgens, wie die zwei herunterkamen, fanden sie all ihr Gold wieder und trugen´s heim.

Als sie wieder zu Haus waren, sprach die Katl: „Friedel, nun mußt du aber auch fleißig sein und arbeiten." „Ja, Katlinchen, will's schon tun, will ins Feld gehen, Frucht schneiden." Als Friedel im Feld war, sprach er mit sich selber: „Ess´ ieh, eh ieh schneede oder schloof ieh, eh ieh schneede ? Hei, ieh will eher essen." Da aß Friedel und ward überm Essen schläfrig und fing an zu schneiden und schnitt halb träumend alle seine Kleider entzwei, Kittel, Joppe und Hemd. Wie Friedel nach langem Schlaf wieder erwachte, stand er halb nackisch da und sprach zu sich selber:"Bin ieh´s oder bin ieh´s nieh? Ach, ieh bin´s nieh!" Unterdessen ward´s Nacht, da lief Friedel ins Dorf hinein, klopfte an seiner Frau Fenster und rief:"Katlinchen?" „ Was ist denn?" „Meecht´ gern wissen, ob der Friedel drinnen ist." „ Ja, ja", antwortete die Katl, „er wird wohl drin liegen und schlafen." Sprach er: „Guttl. Dann bin ieh freilich schon derheeme" und lief fort.

Haußen fand Friedel Spitzbuben, die wollten stehlen. Da ging er bei sie und sprach: „Ieh will euch helfen stehlen." Die Spitzbuben meinten, er wüßte die Gelegenheit des Orts und waren´s zufrieden. Friedel ging vor die Häuser und rief:"Leute, habt ihr was? Wir wollen stehlen." Dachten die Spitzbuben:´Nu, doas wird gutt werrn´, und wünschten, sie wären den Friedel wieder los. Da sprachen sie zu ihm:" Vorm Dorfe hat der Pfarrer Rüben ufm Feld, geh hin und rupf uns

Rüben." Friedel ging hin aufs Land und fing an zu rupfen, war aber so faul und hob sich nicht in die Höhe. Da kam die Küsterin vorbei, sah´n und stand still und dachte, das wäre der Teufel, der so in den Rüben wühlte. Lief fort ins Dorf zum Pfarrer und sprach:"Herr Pfarrer, in Eurem Rübenland ist der Daiwel und rupft." „Ach Gottl nee!", antwortete der Pfarrer, „ieh hoab n lahm´ Fuß, ieh koann nieh naus und ihn wegbann´." Sprach die Frau:"So will ieh Euch huckern" und huckerte ihn hinaus. Und als sie bei das Land kamen, machte sich der Friedel auf und reckte sich in die Höhe. „Ach Gottl nee, der Daiwel!", rief der Pfarrer, und beide eilten fort, und der Pfarrer konnte vor großer Angst mit seinem lahmen Fuße gerader laufen als die Frau, die ihn gehuckert hatte, mit ihren gesunden Beinen.

Die tapfere Schneidermaid

An einem Sommermorgen saß eine Schneidermaid auf ihrem Tisch am Fenster, war guter Dinge und nähte aus Leibeskräften. Da kam eine Bäuerin die Straße herab und rief:"Gut Mus feil! Gut Mus feil!" Das klang der Schneidermaid lieblich in die Ohren, sie steckte ihr zartes Haupt zum Fenster hinaus und rief:"Hier herauf, liebe Frau, hier wird sie ihre Ware los." Die Bäuerin stieg die drei Treppen mit ihrem schweren Korbe zu der Schneiderin herauf und mußte die Töpfe sämtlich vor ihr auspacken. Die Schneidermaid besah sie alle, hob sie in die Höhe, hielt die Nase dran und sagte endlich:"Das Mus scheint mir gut, wieg sie mir doch vier Lot ab, liebe Frau, wenn's auch ein Viertelpfund ist, kommt es mir nicht darauf an." Die Frau, welche gehofft hatte, einen guten Absatz zu finden, gab ihr, was sie verlangte, ging aber ganz ärgerlich und brummig fort. „Nun, das Mus soll mir Gott gesegnen", rief die Schneidermaid, „und soll mir Kraft und Stärke geben", holte das Brot aus dem Schrank, schnitt sich ein Stück über den ganzen Laib und strich das Mus darüber. „Das wird nicht bitter schmecken", sprach sie, „aber erst will ich den Wams fertigmachen, eh' ich anbeiße." Sie legte das Brot neben sich, nähte weiter und machte vor Freude immer größere Stiche. Indes stieg der Geruch von dem süßen Mus hinauf an die Wand, wo Fliegen in großer Menge saßen, so daß sie herangelockt wurden und sich scharenweis darauf niederließen. „Ei, wer hat euch denn eingeladen?" sprach die Schneidermaid und jagte die ungebetenen Gäste fort. Die Fliegen aber, die kein Deutsch verstanden, ließen sich nicht abweisen, sondern kamen in immer größerer Gesellschaft wieder. Da lief der Schneidermaid endlich, wie man sagt, die Laus über die Leber, sie langte aus ihrer Hölle nach einem Tuchlappen und „Na wattet, ich will es euch geben!" schlug sie unbarmherzig drauf. Als sie abzog und zählte, so lagen nicht weniger als sieben vor ihr tot und streckten die Beine. „Bist du so eine dolle Tussi?" sprach sie und mußte selbst ihre Tapferkeit bewundern. „Das soll die ganze Stadt erfahren." Und in der Hast schnitt sich die Schneidermaid einen Gürtel, nähte ihn und stickte mit großen Buchstaben darauf „Siebene auf einen Streich!" „Ei was Stadt!" sprach sie weiter, „ die ganze Welt soll´s erfahren!", und ihr Herz wackelte ihr vor Freude wie ein Lämmerschwänzchen.

Die Schneiderin band sich den Gürtel um den Leib und wollte in die Welt hinaus, weil sie meinte, die Werkstätte sei zu klein für ihre Tapferkeit. Eh´ sie abzog, suchte sie im Haus herum, ob nichts da wäre, was sie mitnehmen könnte, sie fand aber nichts als einen alten Käse, den steckte sie ein. Vor dem Tore bemerkte sie einenVogel, der sich im Gesträuch gefangen hatte, der mußte zu dem Käse in die Tasche. Nun nahm sie den Weg tapfer zwischen die Beine, und weil sie leicht und behend war, fühlte sie keine Müdigkeit. Der Weg führte sie in die Sudeten, und als sie den höchsten Gipfel erreicht hatte, so saß da eine gewaltige Riesin und guckte sich ganz gemächlich um. Die Schneidermaid ging beherzt auf sie zu, redete sie an und sprach: „Guten Tag, Kameradin, nu, du sitzest da und besiehst die weitläufige Welt? Ich bin eben auf dem Wege dahin und will mich versuchen. Hast du Lust, mitzugehen?" Die Riesin sah die Schneiderin verächtlich an und sprach:"Du Schlampe! Du miserables Weibsstück!" „Das wäre!" antwortete die Schneidermaid, knöpfte die Joppe auf und zeigte der Riesin den Gürtel. „Da kannst du lesen, was ich für eine Frau bin." Die Riesin las „Siebene auf einen Streich", meinte, „Du kommst wohl von Gerrlitz", und die Siebene wären Menschen gewesen, die die Schneiderin erschlagen hätte, und kriegte ein wenig Respekt vor der kleinen Tusnelda. Doch wollte sie sie erst prüfen, nahm einen Stein in die Hand und drückte ihn zusammen, daß das Wasser heraustropfte. „Das mach mir nach", sprach die Riesin, „ wenn du Stärke hast." „Ist´s weiter nichts?" sagte die Schneidermaid, „ das ist bei unsereinem ein Spielwerk", griff in die Tasche, holte den weichen Käs und drückte ihn, daß der Saft herauslief. „Ne wa", sprach er, „ das war ein wenig besser?" Die Riesin wußte nicht, was sie sagen sollte, und konnte es von dem Weibl nicht glauben. Da hob die Riesin einen Stein auf und warf ihn so hoch, daß man ihn mit Augen kaum noch sehen konnte:"Nun, du Erpelweibl, das tu mir nach." „Gut geworfen", sagte die Schneiderin, „aber der Stein hat doch wieder zur Erde herabfallen müssen, ich will dir einen werfen, der soll gar nicht wiederkommen", griff in die Tasche, nahm den Vogel und warf ihn in die Luft. Der Vogel, froh über seine Freiheit, stieg auf, flog fort und kam nicht wieder. „Wie gefällt dir das Stückl, Kameradin?" fragte die Schneiderin. „Werfen kannst du wohl", sagte die Riesin, „ aber nun wollen wir sehen, ob du imstande bist, etwas Ordentliches zu tragen." sie führte die Schneidermaid zu einem mächtigen Eichbaum, der da gefällt auf dem Boden lag, und sagte: „Wenn du stark genug bist, so hilf mir den Baum aus dem Walde heraustragen." „Gerne", antwortete die kleine Frau, „nimm du nur den Stamm auf deine Schultern, ich will die Äste mit dem Gezweig aufheben und tragen, das ist doch das schwerste." Die Riesin nahm den Stamm auf die Schulter,die Schneiderin aber setzte sich auf einen Ast, und die Riesin, die sich nicht umsehen konnte, mußte den ganzen Baum und die Schneidermaid noch obendrein forttragen. Sie war da hinten ganz lustig und guter Dinge, pfiff das Liedchen „Es ritten drei Schneiderinnen zum Tore hinaus", als wäre das Baumtragen ein Kinderspiel. Die Riesin, nachdem sie ein Stück Wegs die schwere Last fortgeschleppt hatte, konnte nicht weiter und rief: „Hierschte amol , ich muß den Baum fallen lassen." Die Schneiderin sprang behendiglich herab, faßte den Baum mit beiden Armen, als wenn sie ihn getragen hätte, und sprach zur Riesin: „Du bist eine so großes Weib und kannst den Baum nicht einmal tragen."

Sie gingen zusammen weiter, und als sie an einem Kirschbaum vorbeikamen, faßte die Riesin die Krone des Baums, wo die zeitigsten Früchte hingen, bog sie herab, gab sie der Schneiderin in die Hand und ließ sie essen. Die Schneidermaid aber war viel zu schwach, um den Baum zu halten, und als die Riesin losließ, fuhr der Baum in die Höhe, und die Schneiderin ward mit in die Luft geschnellt. Als sie wieder ohne Schaden herabgefallen war, sprach die Riesin: „Was ist das, hast du nicht Kraft, die schwache Gerte zu halten?" „An der Kraft fehlt es nicht," antwortete die Schneidermaid, „meinst du, das wäre etwas für eine, die siebene mit einem Streich getroffen hat? Ich bin über den Baum gesprungen, weil die Jäger da unten im Gebüsch schießen. Spring nach, wenn du´s vermagst." Die Riesin machte den Versuch, konnte aber nicht über den Baum kommen, sondern blieb in den Ästen hängen, also daß die Schneidermaid auch hier die Oberhand behielt.

Die Riesin spach: „Wenn du so eine tapfere Tusnelda bist, so komm mit in unsere Höhle und übernachte bei uns." Die Schneidermaid war bereit und folgte ihr. Als sie in der Höhle anlangten, saßen da noch andere Riesinnen beim Feuer, und jede hatte ein gebratenes Schaf in der Hand und aß davon. Die Schneidermaid sah sich um und dachte: ´Es ist doch hier viel weitläufiger als in meiner Werlkstatt.` Die Riesin wies ihr ein Bett an und sagte, sie sollte sich hineinlegen und ausschlafen. Der Schneidermaid war aber das Bett zu groß, sie legte sich nicht hinein, sondern kroch in eine Ecke. Als es Mitternacht war und die Riesin meinte, die Schneidermaid läge in tiefem Schlafe, so stand sie auf, nahm eine große Eisenstange und schlug das Bett mit einem Schlag durch und meinte, sie hätte dem Grashüpfer den Garaus gemacht. Mit dem frühsten Morgen gingen die Riesinnen in den Wald und hatten die Schneidermaid ganz vergessen, da kam sie auf einmal ganz lustig und verwegen dahergeschritten. Die Riesinnen erschraken, fürchteten, es schlüge sie alle tot, und liefen in einer Hast fort.

Die Schneidermaid zog weiter, immer ihrer spitzen Nase nach. Nachdem sie lange gewandert war, kam sie in den Hof eines königiglichen Palastes, und weil sie Müdigkeit empfand, so legte sie sich ins Gras und schlief ein. Während sie da lag, kamen die Leute, betrachteten sie von allen Seiten und lasen auf dem Gürtel:„Siebene auf einen Streich." „Ach Gottl nee",sprachen sie, „was will die große Kriegsheldin hier mitten im Frieden? Das muß eine mächtige Herrin sein." Sie gingen und meldeten es der Königin und meinten, wenn Krieg ausbrechen sollte, wäre das eine wichtige und nützliche Frau, die man um keinen Preis fortlassen dürfte. Der Königin gefiel der Rat, und sie schickte einen von ihren Hofleuten an die Schneidermaid ab, der sollte ihr, wenn sie aufgewacht wäre, Kriegsdienste anbieten. Der Abgesandte blieb bei der Schläferin stehen, wartete, bis sie ihre Glieder streckte und die Augen aufschlug, und brachte dann seinen Antrag vor. „Äben destewäjn bin ich hierhergekommen", antwortete sie, „ich bin bereit, in der Königin Dienste zu treten." Also ward sie ehrenvoll empfangen und ihr eine besondere Wohnung angewiesen.

Die Kriegsleute aber waren der Schneidermaid aufgesessen und wünschten, sie wäre tausend Meilen weit weg. „Was soll daraus werden?" sprachen sie untereinander. „Wenn wir Zank mit ihr kriegen und sie haut zu, so fallen auf jeden Streich siebene. Da kann unsereiner nicht bestehen." Also faßten sie einen Entschluß, begaben sich allesamt zur Königin und baten um ihren Abschied. „Wir sind nicht gemacht", sprachen sie, „neben einer Frau auszuhalten, die siebene auf einen Streich schlägt." Die Königin war traurig, daß sie um der einen willen alle ihre treuen Diener verlieren sollte, wünschte, daß ihre Augen sie nie gesehen hätten, und wäre sie gerne wieder losgewesen. Aber sie getraute sich nicht, ihr den Abschied zu geben, weil sie fürchtete, sie möchte sie samt ihrem Volke totschlagen und sich auf den königlichen Thron setzen. Sie sann lange hin und her, endlich fand sie einen Rat. sie schickte zu der Schneidermaid und ließ ihr sagen, weil sie eine so große Kriegsheldin wäre, so wollte sie ihr ein Anerbieten machen. In einem Walde ihres Landes hausten zwei Riesinnen, die mit Rauben, Morden, Sengen und Brennen großen Schaden stifteten: Niemand dürfte sich ihnen nahen, ohne sich in Lebensgefahr zu setzen. Wenn sie diese beiden Riesinnen überwände und tötete, so wollte sie ihr ihren einzigen Sohn zum Gemahl geben und das halbe Königreich zur Ehesteuer; auch sollten hundert Reiter mitziehen und ihr Beistand leisten. ´Das wäre so etwas für eine Frau, wie du bist`, dachte die Schneidermaid, ´ein schöner Königssohn und ein halbes Königreich wird einem nicht alle Tage angeboten.` „O ja", gab sie zur Antwort, „die Riesinnen will ich schon bändigen, und habe die hundert Reiter dabei nicht nötig: Wer siebene auf einen Streich trifft, braucht sich vor zweien nicht zu fürchten."

Die Schneidermaid zog auf, und die hundert Reiter folgten ihr. Als sie zu dem Rand des Waldes kam, sprach sie zu ihren Begleitern: „Bleibt hier nur halten, ich will schon allein mit den Riesinnen fertig werden." Dann sprang sie in den Wald hinein und guckte sich rechts und links um. Über ein Weilchen erblickte sie beide Riesinnen: Sie lagen unter einem Baume und schliefen und schnarchten dabei, daß sich die Äste auf und nieder bogen. Die Schneidermaid, nicht faul, las beide Taschen voll Steine und stieg damit auf den Baum. Als sie in der Mitte war, rutschte sie auf einen Ast, bis sie gerade über die Schläfer zu sitzen kam, und ließ der einen Riesin einen Stein nach dem andern auf die Brust fallen. Die Riesin spürte lange nichts, doch endlich wachte sie auf, stieß ihre Gesellin an und sprach „Was schlägst du mich?" „Du träumst", sagte die andere, „ich schlage dich nicht." Sie legten sich wieder zum Schlaf, da warf die Schneiderin auf die zweite einen Stein herab. „Was soll das?" rief die andere. „Warum wirfst du mich?" „Ich werfe dich nicht", antwortete die erste und brummte. Sie zankten sich eine Weile herum, doch weil sie müde waren, ließen sie´s gut sein, und die Augen fielen ihnen wieder zu. Die Schneiderlein fing ihr Spiel von neuem an, suchte den dicksten Stein aus und warf ihn der ersten Riesinnen mit aller Gewalt auf die Brust. „Das ist zu arg!", schrie sie, sprang wie eine Unsinnige auf und stieß ihre Gesellin wider den Baum, daß dieser zitterte. Die andere zahlte mit gleicher Münze und sie gerieten in solche Wut, daß sie Bäume ausrissen, aufeinanderlosschlugen, so lang, bis sie endlich beide zugleich tot auf die Erde fielen. Nun sprang die Schneidermaid herab „Ein Glück nur", sprach sie, „daß sie den Baum, auf dem ich saß , nicht ausgerissen haben, sonst hätte ich wie ein Eichhörnchen auf einen anderen springen müssen: Doch unsereine ist flüchtig!" Sie zog ihr Schwert und versetzte jeder ein paar tüchtige Hiebe in die Brust, dann ging sie hinaus zu den Reitern und sprach: „Die Arbeit ist getan, ich habe beiden den Garaus gemacht; aber hart ist es hergegangen, sie haben in der Not Bäume ausgerissen und sich gewehrt, doch das hilft alles nichts, wenn eine kommt wie ich, die siebene auf einen Streich schlägt."

„Seid ihr denn nicht verwundet?", fragten die Reiter, „Das hat gute Wege", antwortete die Schneiderin, „kein Haar habensie mir gekrümmt." Die Reiter wollten ihr keinen Glauben beimessen und ritten in den Wald hinein: Da fanden sie die Riesinnen in ihrem Blute schwimmend, und zengsrim lagen die ausgerissenen Bäume.

Die Schneidermaid verlangte von der Königin die versprochene Belohnung, die aber reute ihr Versprechen, und sie sann aufs neue, wie sie sich die Heldin vom Halse schaffen könnte.
„Ehe du meinen Sohn und das halbe Reich erhältst", sprach sie zu ihr, „mußt du noch eine Heldentat vollbringen. In dem Walde läuft ein Einhorn, das großen Schaden anrichtet, das mußt du erst einfangen."
„Vor einem Einhorn fürchte ich mich noch weniger als vor zwei Riesinnen; Siebene auf einen Streich, das ist meine Sache." Sie nahm sich einen Strick und eine Axt mit, ging hinaus in den Wald und hieß abermals die, welche ihr zugeordnet waren, haußen warten. Sie

brauchte nicht lange zu suchen, das Einhorn kam bald daher und sprang geradezu auf die Schneiderin los, als wollte es sie ohne Umstände aufspießen. „Sachte, sachte", sprach sie, „ so geschwind geht das nicht", blieb stehen und wartete, bis das Tier ganz nahe war, dann sprang sie behendiglich hinter den Baum. Das Einhorn rannte mit aller Kraft gegen den Baum und spießte sein Horn so fest in den Stamm, daß es nicht Kraft genug hatte, es wieder herauszuziehen, und so war es gefangen. „Jetzt hab ich das Vöglein", sagte die Schneiderin, kam hinter dem Baum hervor, legte dem Einhorn den Strick erst um den Hals, dann hieb sie mit der Axt das Horn aus dem Baum, und als alles in Ordnung war, führte sie das Tier ab und brachte es der Königin.

Die Königin wollte ihr den verheißenen Lohn noch nicht gewähren und machte eine dritte Forderung. Die Schneiderin sollte ihr vor der Hochzeit erst ein Wildschwein fangen, das in dem Wald großen Schaden tat; die Jäger sollten ihr Beistand leisten. „Gerne", sprach die Schneiderin, „ das ist ein Kinderspiel." Die Jäger nahm sie nicht mit in den Wald, und sie waren's wohl zufrieden, denn das Wildschwein hatte sie schon mehrmals so empfangen, daß sie keine Lust hatten, ihm nachzustellen. Als das Schwein die Schneiderin erblickte, lief es mit schäumendem Munde und wetzenden Zähnen auf sie zu und wollte sie zur Erde werfen. Die flüchtige Heldin aber sprang in eine

Kapelle, die in der Nähe war, und gleich oben zum Fenster in einem Satz wieder hinaus. Das Schwein war hinter ihr hergelaufen, sie aber hüpfte haußen herum und schlug die Türe hinter ihr zu; da war das wütende Tier gefangen, das viel zu schwer und unbehilflich war, um zu dem Fenster hinauszuspringen. Die Schneidermaid rief die Jäger herbei, die mußten den Gefangenen mit eigenen Augen sehen; die Heldin aber begab sich zur Königin, die nun, sie mochte wollen oder nicht, ihr Versprechen halten mußte und ihr ihren Sohn und das halbe Königreich übergab. Hätte sie gewußt, daß keine Kriegsheldin, sondern eine Schneidermaid vor ihr stand, es wäre ihr noch mehr zu Herzen gegangen. Die Hochzeit ward also mit großer Pracht und kleiner Freude gehalten und aus einer Schneiderin eine Königin gemacht.

Nach einiger Zeit hörte der König in der Nacht, wie seine Gemahlin im Traume sprach:" Maid, mach mir den Wams und flick mir die Hosen, oder ich will dir die Elle über die Ohren schlagen." Da merkte er, in welcher Gasse die junge Dame geboren war, klagte am andern Morgen seiner Mutter sein Leid und bat, sie möchte ihm von der Frau helfen, die nichts anders als eine Schneiderin wäre. Die Königin sprach ihm Trost zu und sagte:"Laß in der nächsten Nacht deine Schlafkammer offen, meine Diener sollen haußen stehen und, wenn sie eingeschlafen ist, hineingehen, sie binden und auf ein

Schiff tragen, das sie in die weite Welt führt." Der Mann war damit zufrieden, der Königin Waffenträger aber, der alles mit angehört hatte, war der jungen Herrin gewogen und hinterbrachte ihr den ganzen Anschlag. „Dem Ding will ich einen Riegel vorschieben", sagte die Schneidermaid. Abends legte sie sich zu gewöhnlicher Zeit mit ihrem Mann zu Bett; als er glaubte, sie sei eingeschlafen, stand er auf, öffnete die Türe und legte sich wieder. Die Schneidermaid, die sich nur stellte, als wenn sie schlief, fing an mit finsterer Stimme zu rufen: „Maid, mach mir den Wams und flick mir die Hosen, oder ich will dir die Elle über die Ohren schlagen! Ich habe siebene mit einem Streich getroffen, zwei Riesinnen getötet, ein Einhorn fortgeführt und ein Wildschwein gefangen, und sollte mich vor denen fürchten, die haußen vor der Kammer stehen!"

Als diese die Schneiderin so sprechen hörten, überkam sie eine große Furcht, sie liefen, als wenn das wilde Heer hinter ihnen wäre, und keiner wollte sich mehr an sie wagen. Also war und blieb die Schneidermaid ihr Lebtag eine Königin.

Sterntaler

Es war einmal eine kleine Maid, der war Vater und
Mutter gestorben, und sie war so arm, daß sie kein
Kämmerchen mehr hatte, darin zu wohnen, und kein
Bettchen mehr, darin zu schlafen, und endlich gar nichts
mehr als die Kleider auf dem Leib und ein Stückchen
Brot in der Hand, das ihr ein mitleidiges Herz geschenkt
hatte. Sie war aber gut und fromm. Und weil sie so von
aller Welt verlassen war, ging sie im Vertrauen auf den
lieben Gott hinaus ins Feld. Da begegnete ihr ein armer
Mann, der sprach:"Ach gib mir etwas zu essen, ich bin
so hungerig." Sie reichte ihm das ganze Stückchen Brot
und sagte „Gott segne dir´s", und ging weiter. Da kam
eine andere kleine Maid, die jammerte und sprach:"Es
friert mich so an meinem Kopfe, schenk mir etwas,
womit ich ihn bedecken kann." Da tat sie ihre Mütze ab
und gab sie ihr. Und als es noch eine Weile gegangen
war, kam wieder eine Maid und hatte kein Leibchen an
und fror; da gab sie ihr ihres; und noch weiter, da bat
eine kleine Maid um ein Röcklein, das gab sie auch von
sich hin. Endlich gelangte sie in einen Wald, und es war
schon finster geworden, da kam noch eine kleine Maid
und bat um ein Hemdlein, und die fromme Maid dachte:
´Es ist dunkle Nacht, da sieht dich niemand, du kannst

wohl dein Hemd weggeben`, und zog das Hemd ab und gab es auch noch hin. Und wie sie so nackisch stand und gar nichts mehr hatte, fielen auf einmal die Sterne vom Himmel, und waren lauter harte, blanke Taler: Und ob sie gleich ihr Hemdlein weggegeben, so hatte sie ein neues an, und das war vom allerfeinsten Linnen. Da sammelte sie sich die Taler hinein und war reich für ihr Lebtag.

Von Einer, die auszog, das Fürchten zu lernen

Eine Muttl hatte zwei Töchter, davon war die älteste klug und gescheit und wußte sich in alles wohl zu schicken, die jüngste aber war dumm, konnte nichts begreifen und lernen; und wenn sie die Leute sahen, sprachen sie:"Mit der wird die Muttl noch ihre Last haben!" Wenn nun etwas zu tun war, so mußte es die älteste allezeit ausrichten; hieß sie aber die Muttl noch spät oder gar in der Nacht etwas holen, und der Weg ging dabei über den Kirchhof oder sonst einen schaurigen Ort, so antwortete sie wohl:" Ach nein, Muttl, ich gehe nicht dahin, es gruselt mir!", denn sie fürchtete sich. Oder wenn abends beim Feuer Geschichten erzählt wurden, wobei einem die Haut schaudert, so sprachen die Zuhörer manchmal:"Ach, es gruselt mir!" Die jüngste saß in einer Ecke und hörte das mit an, und konnte nicht begreifen, was es heißen sollte. „Immer sagen sie, es gruselt mir, es gruselt mir! Mir gruselt´s nicht; das wird wohl eine Kunst sein, von der ich auch nichts verstehe."

Nun geschah es, daß die Muttl einmal zu ihr sprach:" Hör du, in der Ecke dort, du wirst groß und stark, du mußt auch etwas lernen, womit du dein Brot verdienst. Siehst du, wie deine Schwester sich Mühe gibt, aber an dir ist Hopfen und Malz verloren." „Ei Muttl", antwortete sie," ich will gern was lernen; ja, wenn´s anginge, so möchte ich lernen, daß mir´s gruselte; davon verstehe ich noch gar nichts." Die älteste lachte, als sie das hörte, und dachte bei sich:"Du lieber Gott, was ist meine Schwester eine Dummbacke, aus der wird ihr Lebtag nischte: Was ein Häkchen werden will, muß sich beizeiten krümmen." Die Muttl seufzte und antwortete ihr:" Das Gruseln, das sollst du schon lernen, aber dein Brot wirst du damit nicht verdienen."
Bald danach kam der Küster zu Besuch ins Haus, da klagte ihm die Muttl ihre Not und erzählte, wie ihre jüngste Tochter in allen Dingen so schlecht beschlagen wäre, sie wüßte nichts und lernte nichts. „Denkt Euch, als ich sie fragte, womit sie ihr Brot verdienen wollte, hat sie gar verlangt, das Gruseln zu lernen." „Wenn´s

weiter nichts ist" antwortete der Küster," das kann sie bei mir lernen; tut sie nur zu mir, ich will sie schon abhobeln." Die Muttl war es zufrieden, weil sie dachte: ´Die Maid wird doch ein wenig zugestutzt.´ Der Küster nahm sie also ins Haus, und sie mußte die Glocken läuten. Nach ein paar Tagen weckte er sie um Mitternacht, hieß sie aufstehen, in den Kirchturm steigen und läuten. ´Du sollst schon lernen, was Gruseln ist`, dachte er, ging heimlich voraus, und als die Maid oben war und sich umdrehte und das Glockenseil fassen wollte, so sah sie auf der Treppe, dem Schalloch gegenüber, eine weiße Gestalt stehen. „Wer da?" rief sie, aber die Gestalt gab keine Antwort, regte und bewegte sich nicht. „Gib Antwort", rief die Maid," oder mache, daß du fortkommst, du hast hier in der Nacht nischt zu schaffen." Der Küster aber blieb unbeweglich stehen, damit die Maid glauben sollte, es wäre ein Gespenst. Die Maid rief zum zweitenmal:"Was willst du hier? Sprich, wenn du ein ehrlicher Kerl bist, oder ich werfe dich die Treppe hinab." Der Küster dachte: ´Das wird so schlimm nicht gemeint sein´, gab keinen Laut von sich und stand, als wenn er von Stein wäre. Da rief ihn die Maid zum drittenmal an, und als das auch vergeblich war, nahm sie einen Anlauf und stieß das Gespenst die Treppe hinab, daß es zehn Stufen hinabfiel und in einer Ecke liegenblieb. Darauf läutete sie die Glocke, ging heim, legte sich, ohne ein Wort zu sagen, ins Bett und schlieffort. Die Küstersfrau wartete lange

Zeit auf ihren Mann, aber er wollte nicht wiederkommen. Da ward ihr endlich angst, sie weckte die Maid und fragte:"Weißt du nicht, wo mein Mann geblieben ist? Er ist vor dir auf den Turm gestiegen." „Nein", antwortete die Maid", aber da hat einer dem Schalloch gegenüber auf der Treppe gestanden, und weil er keine Antwort geben und auch nicht weggehen wollte, so hab ich ihn für ein Spitzbuben gehalten und hinuntergestoßen. Geht nur hin, so werdet ihr sehen, ob er´s gewesen ist, es sollte mir leidtun." Die Frau sprang fort und fand ihren Mann, der in einer Ecke lag und jammerte und ein Bein gebrochen hatte.

Sie trug ihn herab und eilte dann mit lautem Geschrei zu der Muttl der Maid. „Eure Maid", rief sie, „hat ein großes Unglück angerichtet, meinen Mann hat sie die Treppe hinabgeworfen, daß er ein Bein gebrochen hat; schafft diese Taugenichts aus unserem Hause." Die Muttl erschrak, kam herbeigelaufen und schalt die Maid aus „Was sind das für gottlose Streiche, die muß dir der Böse eingegeben haben." „Muttl", antwortete sie, „ hört nur an, ich bin ganz unschuldig: Er stand da in der Nacht, wie einer, der Böses im Sinne hat. Ich wußte nicht, wer´s war, und habe ihn dreimal ermahnt zu reden oder wegzugehen." „Ach", sprach die Muttl, „ mit dir erleb´ ich nur Unglück, geh mir aus den Augen, ich will dich nicht mehr ansehen." „ Ja, Muttl, recht gerne, wartet nur, bis Tag ist, da will ich ausgehen und das Gruseln lernen, so versteh ich doch eine Kunst, die mich ernähren kann." „Lerne, was du willst", sprach die Muttl, „ mir ist das einerlei. Da hast du fünfzig Taler, damit geh in die weite Welt und sage keinem Menschen, wo du her bist und wer deine Muttl ist, denn ich muß mich deiner schämen." „Ja, Muttl, wie Ihr´s haben wollt, wenn Ihr nicht mehr verlangt, das kann ich leicht in acht behalten."

Als nun der Tag anbrach, steckte die Maid ihre fünfzig Taler in die Tasche, ging hinaus auf die große Landstraße und sprach immer vor sich hin:"Wenn mir ´s nur gruselte,wenn mir´s nur gruselte!" Da kam ein Mann heran, der hörte das Gespärch, das die Maid mit sich selber führte, und als sie ein Stück weiter waren, daß man den Galgen sehen konnte, sagte der Mann zu ihr:" Sisste , dotte iss der Baum, wo siebene mit des Seilers Tochter Hochzeit gehalten haben und jetzt das Fliegen lernen; setz dich darunter und warte, bis die Nacht kommt, so wirst du schon das Gruseln lernen." „Wenn weiter nichts dazugehört", antwortete die Maid, „das ist leicht getan; lerne ich aber so geschwind das Gruseln, so sollst du meine fünfzig Taler haben: Komm nur morgen früh wieder zu mir." Da ging die Maid zu dem Galgen, setzte sich darunter und wartete, bis der Abend kam. Und weil sie fror, machte sie sich ein Feuer an; aber um Mitternacht ging der Wind so kalt, daß sie trotz des Feuers nicht warm werden wollte. Und als der Wind die Gehenkten gegeneinanderstieß , daß sie sich hin und her berwegten, so dachte sie:´Du frierst unten bei dem Feuer, was mögen die da oben erst frieren und zappeln´. Und weil sie mitleidig war, legte sie die Leiter an, stieg hinauf, knüpfte einen nach dem andern los, und holte sie alle siebene herab. Darauf schürte sie das Feuer, blies es an und setzte sie zengsrim, daß sie sich wärmen sollten. Aber sie saßen da und regten sich nicht, und das Feuer ergriff ihre Kleider. Da sprach sie:" Nehmt euch in acht, sonst häng´ ich euch wieder hinauf." Die Toten aber hörten nicht, schwiegen und ließen ihre Lumpen fortbrennen. Da ward sie böse und sprach: Wenn ihr nicht achtgeben wollt, so kann ich euch nicht helfen, ich will nicht mit euch verbrennen", und hing sie nach der Reihe wieder hinauf. Nun setzte sie sich zu ihrem Feuer und schlief ein, und am andern Morgen, da kam der Mann zu ihr, wollte die fünfzig Taler haben und sprach:"Nun, weißt du, was Gruseln ist?" „Nein", antwortete sie, „woher sollte ich´s wissen? Die da droben haben das Maul nicht aufgetan und waren so dumm, daß sie die paar alten Lappen, die sie am Leibe haben, brennen ließen." Da sah der Mann, daß er die fünfzig Taler heute nicht davontragen würde, ging fort und sprach:"So eine ist mir noch nicht vorgekommen."

Die Maid ging auch ihres Wegs und fing wieder an, vor sich hinzureden:"Ach, wenn mir´s nur gruselte, ach, wenn mir´s nur gruselte!" Das hörte eine Fuhrfrau, die hinter ihr herschritt, und fragte:"Wer bist du?" „Ich weiß nicht", antwortete die Maid. Die Fuhrfrau fragte

weiter:"Wo bist du her?" „Ich weiß nicht." „Wer ist
deine Muttl?" „Das darf ich nicht sagen." „Was
brummst du beständig vor dich hin?" „Ei", antwortete
die Maid ,"ich wollte, daß mir´s gruselte, aber niemand
kann mir´s lehren." „Laß dein dummes Geschwätz",
sprach die Fuhrfrau," komm, geh mit mir, ich will
sehen, daß ich dich unterbringe." Die Maid ging mit der
Fuhrfrau, und abends gelangten sie zu einem Wirtshaus,
wo sie übernachten wollten. Da sprach sie beim Eintritt
in die Stube wieder ganz laut:"Wenn mir´s nur gruselte,
wenn mir´s nur gruselte!" Der Wirt, der das hörte,
lachte und sprach:"Wenn dich danach lüstet, dazu
dollte hier wohl Gelegenheit sein." „Ach, schweig still",
sprach die Wirtsfrau," so mancher Vorwitzige hat schon
sein Leben eingebüßt, es wäre Jammer und Schade um
die schönen Augen, wenn die das Tageslicht nicht
wieder sehen sollten."
Die Maid aber sagte:"Wenn´s noch so schwer wäre, ich
will´s einmal lernen, deshalb bin ich ja ausgezogen." Sie
ließ dem Wirt auch keine Ruhe, bis dieser erzählte,
nicht weit davon stünde ein verwünschtes Schloß, wo
eine wohl lernen könnte, was Gruseln wäre,wenn sie nur
drei Nächte darin wachen wollte. Der König hätte der,
die´s wagen wollte, seinen Sohn zum Mann versprochen,
und der wäre der schönste Jungmann, welchen die
Sonne beschien; in dem Schlosse steckten auch große
Schätze, von bösen Geistern bewacht, die würden dann
frei und könnten einen Armen reich genug machen.

Schon viele wären wohl hinein-, aber noch keine wieder herausgekommen. Da ging die Maid am andern Morgen vor den König und sprach:"Wenn´s erlaubt wäre, so wollte ich wohl drei Nächte in dem verwünschten Schlosse wachen." Der König sah sie an, und weil sie ihm gefiel, sprach er:"Du darfst dir noch dreierlei ausbitten, aber es müssen leblose Dinge sein, und das darfst du mit ins Schloß nehmen." Da antwortete sie:"So bitt ich um ein Feuer, eine Drehbank und eine Schnitzbank mit dem Messer." Der König ließ ihr das alles bei Tage in das Schloß tragen. Als es Nacht werden wollte, ging die Maid hinauf, machte sich in einer Kammer ein helles Feuer an, stellte die Schnitzbank mit dem Messer daneben und setzte sich auf die Drehbank. „Ach, wenn mir´s nur gruselte!" sprach sie. „Aber hier werde ich´s auch nicht lernen." Gegen Mitternacht wollte sie sich ihr Feuer einmal aufschüren: Wie sie so hineinblies, da schrie´s plötzlich aus einer Ecke: „Au, miau, was uns friert!" „Ihr Narren", rief sie, „was schreit ihr? Wenn euch friert, kommt, setzt euch ans Feuer und wärmt euch." Und wie sie das gesagt hatte, kammen zwei große schwarze Katzen in einem gewaltigen Sprung herbei, setzten sich ihr zu beiden Seiten und sahen sie mit ihren feurigen Augen ganz wild an. Über ein Weilchen, als sie sich gewärmt hatten, sprachen sie: „Kameradin, wollen wir eins in der Karte spielen?" „Warum nicht?" antwortete sie. „Aber zeigt einmal eure Pfoten her." Da streckten sie die Krallen aus. „Ei", sagte sie, „was habt ihr lange Nägel, wartet, die muß ich euch erst abschneiden." Damit packte sie sie beim Kragen, hob sie auf die Schnitzbank und schraubte ihnen die Pfoten fest. „Euch habe ich auf die Finger gesehen", sprach sie, „ da vergeht mir die Lust zum Kartenspiel", schlug sie tot und warf sie hinaus ins Wasser. Als sie aber die zwei zur Ruhe gebracht hatte und sich wieder zu ihrem Feuer setzen wollte, da kamen aus allen Ecken und Enden schwarze Katzen und schwarze Hunde an glühenden Ketten, immer mehr und mehr, daß sie sich nicht mehr bergen konnte; die schrien greulich, traten ihr auf ihr Feuer, zerrten es auseinander und wollten es ausmachen. Das sah sie ein Weilchen ruhig mit an, als es ihr aber zu arg ward, faßte sie ihr Schnitzmesser und rief:"Fort mit dir, du Gesindel", und haute auf sie los. Ein Teil sprang weg, die andern schlug sie tot und warf sie hinaus in den Teich. Als sie wiedergekommen war, blies sie aus den Funken ihr Feuer frisch an und wärmte sich. Und als sie so saß, wollten ihr die Augen nicht länger offenbleiben, und sie bekam Lust zu schlafen. Da blickte sie um sich und sah in der Ecke ein großes Bett. „Das ist mir eben recht", sprach sie und legte sich hinein. Als sie aber die Augen zutun wollte, so fing das Bett von selbst an zu fahren und fuhr im ganzen Schloß herum. „Recht so ", sprach sie, „ nur besser zu." Da rollte das Bett fort, als wären sechse Pferde vorgespannt, über Schwellen und Treppen, auf und ab: auf einmal hopp! hopp! warf es

um, das Unterste zuoberst, daß es wie ein Berg auf ihr lag. Aber sie schleuderte Decken und Kissen in die Höhe, stieg heraus und sagte:" Nun mag fahren, wer Lust hat", legte sich an ihr Feuer und schlief, bis es Tag war. Am Morgen kam der König, und als er sie da auf der Erde liegen sah, meinte er, die Gespenster hätten sie umgebracht und sie wäre tot. Da sprach er:"Es ist doch schade um den schönen Menschen." Das hörte die Maid, richtete sich auf und sprach:"Soweit ist´s noch nicht!" Da verwunderte sich der König, freute sich aber und fragte, wie es ihr gegangen wäre. „Recht gut", antwortete sie, „eine Nacht wäre herum, die zwei andern werden auch herumgehen." Als sie zum Wirt kam, da machte der große Augen. „Ich dachte nicht", sprach er, „daß ich dich wieder lebendig sehen würde; hast du nun gelernt, was Gruseln ist?" „Nein", sagte sie , „es ist alles vergeblich; wenn mir´s nur einer sagen könnte!"
Die zweite Nacht ging sie abermals hinauf ins alte Schloß, setzte sich zum Feuer und fing ihr altes Lied wieder an: „Wenn´s mir nur gruselte!" Wie Mitternacht herankam, ließ sich ein Lärm und Gepolter hören, erst sachte, dann immer stärker, dann war´s ein bißchen still, endlich kam mit lautem Geschrei ein halber Mensch den Schornstein herab und fiel vor ihr hin. „Heda!" rief sie. „ Noch ein halber gehört dazu, das ist zuwenig." Da ging der Lärm von frischem an, es tobte und heulte, und fiel die andere Hälfte auch herab."Wart", sprach sie ,"ich will dir erst das Feuer

ein wenig anblasen."Wie sie das getan hatte und sich wieder umsah, da waren die beiden Stücke zusammengefahren, und saß da ein greulicher Mann auf ihrem Platz. "So haben wir nicht gewettet", sprach die Maid, „die Bank ist mein." Der Mann wollte sie wegdrängen, aber die Maid ließ sich's nicht gefallen, schob ihn mit Gewalt weg und setzte sich wieder auf ihren Platz. Da fielen noch mehr Männer herab, einer nach dem andern, die holten neun Totenbeine und zwei Totenköpfe, setzten auf und spielten Bowling. Die Maid bekam auch Lust und fragte:"Hört ihr, kann ich mit sein?""Ja, wenn du Geld hast." „Geld genug", antwortete sie, „aber eure Kugeln sind nicht recht rund." Da nahm sie die Totenköpfe, setzte sie in die Drehbank und drehte sie rund. „So, jetzt werden sie besser kullern ‚sprach sie ‚heida, nun geht's lustig!" Sie spielte mit und verlor etwas von ihrem Geld, als es aber zwölfe schlug, war alles vor ihren Augen verschwunden. Sie legte sich nieder und schlief ruhig ein. Am andern Morgen kam der König und wollte sich erkundigen. „Wie ist dir's diesmal gegangen?" fragte er. „Ich habe gekegelt", antwortete sie," und ein paar Heller verloren." „Hat dir denn nicht gegruselt?" „Ei was", sprach sie, „lustig hab´ich mich gemacht. Wenn ich nur wüßte, was Gruseln wäre?"
In der dritten Nachte setzte sie sich wieder auf seine Bank und sprach ganz verdrießlich:"Wenn es mir nur gruselte!" Als es spät ward, kamen sechse große Männer

und brachten eine Totenlade hereingetragen. Da sprach sie:"Haha, das ist gewiß mein Vetterchen, das erst vor ein paar Tagen gestorben ist", winkte mit dem Finger und rief:" Komm, Vetterchen, komm!" Sie stellten den Sarg auf die Erde, sie aber ging hinzu und nahm den Deckel ab: Da lag ein toter Mann darin. Sie fühlte ihm ans Gesicht, aber es war kalt wie Eis. „Wart", sprach sie," ich will dich ein bißchen wärmen", ging ans Feuer, wärmte ihre Hand und legte sie ihm aufs Gesicht, aber der Tote blieb kalt. Nun nahm sie ihn heraus, setzte sich ans Feuer und legte ihn auf ihren Schoß und rieb ihm die Arme, damit das Blut wieder in Bewegung kommen sollte. Als auch das nichts helfen wollte, fiel ihr ein, wenn zwei zusammen im Bett liegen, so wärmen sie sich, brachte ihn ins Bett, deckte ihn zu und legte sich neben ihn. Über ein Weilchen ward auch der Tote warm und fing an, sich zu regen. Da sprach die Maid:"Siehst du, Vetterchen, hätt´ich dich nicht gewärmt!" Der Tote aber hub an und rief:"Jetzt will ich dich erwürgen." „Was", sagte sie, „ ist das mein Dank? Gleich sollst du wieder in deinen Sarg", hub ihn auf, warf ihn hinein und machte den Deckel zu; da kamen die sechs Männer und trugen ihn wieder fort. „Es will mir nicht gruseln", sagte sie, „hier lerne ich´s mein Lebtag nicht."
Da trat ein Mann herein, der war größer als alle andern und sah fürchterlich aus; er war aber alt und hatte einen langen weißen Bart. „O du bleede Trulla", rief er, „ nun sollst du bald lernen, was Gruseln ist, denn du

sollst sterben." „Nicht so schnell" antwortete die Maid ‚"soll ich sterben, so muß ich auch dabeisein." „Dich will ich schon packen", sprach der Unhold. „Sachte, sachte, mach dich nicht so breit; so stark wie du bin ich auch, und wohl noch stärker.""Das wollen wir sehen", sprach der Alte, „ bist du stärker als ich, so will ich dich gehen lassen; komm, wir wollen´s versuchen." Da führte er sie durch dunkle Gänge zu einem Schmiedefeuer, nahm eine Axt und schlug den einen Amboß mit einem Schlag in die Erde. „Das kann ich noch besser", sprach die Maid und ging zudem andern Amboß; der Alte stellte sich neben sie und wollte zusehen, und sein weißer Bart hing herab. Da faßte die Maid die Axt, spaltete den Amboß auf einen Hieb und klemmte den Bart des Alten mit hinein, „Nun hab ich dich", sprach die Maid, „jetzt ist das Sterben an dir." Dann faßte sie eine Eisenstange und schlug auf den Alten los, bis er wimmerte und bat, sie möchte aufhören, er wollte ihr große Reichtümer geben. Die Maid zog die Axt ´raus und ließ ihn los. Der Alte führte sie wieder ins Schloß zurück und zeigte ihr in einem Keller drei Kasten voll Gold. „Davon", sprach er, „ist ein Teil den Armen, der andere der König, der dritte dein." Indem schlug es zwölve, und der Geist verschwand, also daß die Maid im Finstern stand. „Ich werde mir doch heraushelfen können", sprach sie, tappte herum, fand den Weg in die Kammer und schlief dort bei ihrem Feuer ein. Am andern Morgen kam der König und sagte:"Nun wirst du gelernt haben, was Gruseln ist?" „Nein", antwortete sie," was ist´s nur? Mein toter Vetter war da, und ein bärtiger Mann ist gekommen, der hat mir da unten viel Geld gezeigt, aber was Gruseln ist, hat mir keiner gesagt." Da sprach der König:"Du hast das Schloß erlöst und sollst meinen Sohn heiraten." „Das ist alles recht gut", antwortete sie ,"aber ich weiß noch immer nicht, was Gruseln ist."

Da ward das Gold heraufgebracht und die Hochzeit gefeiert, aber die junge Königin, so lieb sie ihren Gemahl hatte und so vergnügt sie war, sagte doch immer."Wenn mir nur gruselte, wenn mir nur gruselte." Das verdroß ihn endlich. Sein Kammerbursche sprach:"Ich will Hilfe schaffen, das Gruseln soll sie schon lernen." Er ging hinaus zum Bach, der durch den Garten floß, und ließ sich einen ganzen Eimer voll Gründlinge holen. Nachts, als die junge Königin schlief, mußte ihr Gemahl ihm die Decke wegziehen und den Eimer voll kalt Wasser mit den Gründlingen über sie herschütten, daß die kleinen Fische um sie herumzappelten. Da wachte sie auf und rief:"Ach, was gruselt mir, was gruselt mir, lieber Mann! Ja, nun weiß ich, was Gruseln ist."

Der Stuck vom Saganer Schloß

„Sag an, Sorau, über den Grün´ Berg, Berlin, Stettin,
wieviel Städte sind das?"
Schon in der Zeit, als Sagan mit Schlesien zu Preußen
gehörte, erzählte man sich die Sage:

Es war einmal vor langer Zeit, als im Riesengebirge die
Leute noch nach Schätzen gruben und Wallenstein, der
Fürst von Friedland, der mächtigste Mann Europas
war. Vom Gebirge kommend traf er in Sagan, jener im
Böhmischen Kronland Schlesien im Habsburger Reich
liegenden berühmten Klosterstadt ein, um sich dort
nach reibungsvollen Kriegsjahren fest einzurichten. Als
reichster Mann Europas konnte er sich leisten, einen
Palast zu bauen. Die Bauarbeiten gingen
dementsprechend zügig voran, und bald schon würde
Einzug gehalten werden. Das Gebäude war so pompös,
daß Wallenstein damit die gekrönten Oberhäupter so
mancher Staaten Europas in den Schatten stellte und
doch am meisten seine Gegner in Böhmen ärgerte. Die
Bauarbeiten gingen ihrem Abschluß entgege, und nur
noch StukVerzierungen waren als Allerletztes
anzubringen. Der hierfür angestellte Stukateur hatte
schon genügend im Palast und an den Außenmauern
gearbeitet. Weil Wallenstein mit dessen Arbeit

hochzufrieden war, ließ er ihn auch jene Verzierungen ausführen, die dem Wallenstein als die Quintessenz des Schmuckes vorschwebten, und sozusagen das I-Tüpflchen des gesamten Herrschaftlichen Anwesens sein sollten. Wallenstein stellte sich kirchliche TeufelsFratzen in großer Zahl nämlich ein hundert unter den Traufen vor, die den Palast umgab. Der Tag des Einzugs stand bevor, als der Stukateur die letzten Fratzen und zwar am Portal des Palastes anbrachte. Und schließlich war er bei der hundertsten Fratze. Da braute sich ein fürchterliches Gewitter zusammen, und da, da schlug ein Blitz in das Schloß, und dieser Blitz traf den Stuckateur kurz vor der Vollendung seiner Arbeit. Wallenstein indes hielt Einzug, doch er war betrübt, daß sein großer Palast, um endgültig Habsburg zu zeigen, wer er ist, unter einem schlechten Stern stand. Wallenstein lud sogar Keppler, den größten Astrologen Europas ein, der ihm ein Horoskop schreiben sollte. Wallenstein zieht schon in Kürze wieder aus Sagan aus, hält sich in vielen seiner anderen Besitzungen auf und wird schon bald in Eger von im Solde Englands stehenden Attentätern samt graf Kinsky und anderen seinen engsten Vertrauten ermordet.

Es war in einer Zeit, als Polen der EU beitrat. Da kamen deutsche Besucher zum Schloß. Der Polnische Reiseführer erklärte, was dieses Schloß ist und welchen Persönlichkeiten er gehört hat. Fließend deutsch, wie er sprach, so war er eine Fundgrube an Kenntnis über das Saganer Schloß. Nun begab es sich aber, daß die Reisegruppe auch das Portal besichtigte und bewunderte, und daß ein Mann sich wunderte und fragte: „Warum sind die Fratzen weg? Wo sind die Fratzen hingekommen? Denn die sind nicht mehr da. Hier, ich zeige Ihnen die Stellen am Portal," und zeigt mit dem Zeigefinger und ausgestrecktem Arm die Stellen, wo der Stuck gewesen ist," Hier sind die Fratzen noch vor 20 Jahren gewesen, und jetzt ist keine Spur mehr von ihnen zu sehen, alles von ihnen ist weg." Da antwortete der Reiseführer:"Sowas hats hier nicht gegeben."

Der Schweidnitzer Stadtrat

Ein Stadtrat, welcher der Schatzkammer gegenüber wohnte, hat sich durch das Gold verblenden lassen. Damit er seinen Gold- und Geldhunger stillen konnte, hat er eine Dohle abgerichtet, die abends durch ein offenes, mit einem eisernen Gitter verwahrtes Fenster, in die Schatzkammer flog, und von den goldenen Münzen, die offen auf dem Tische lagen, täglich ein

Stück oder mehr im Schnabel mit nach Hause brachte. Als die Stadträte endlich die Verminderung des Goldes bemerkten, verdächtigten sie sich untereinander. Deswegen bestellten sie einen Wächter an, der des Nachts in der verschlossenen Ratsstube auf den Dieb warten sollte.

Nach Sonnenuntergang kam wieder die Dohle durch das Fenster hinein, ergriff mit dem Schnabel ein Stück des Goldes und flog mit dem Raube davon, in die Wohnung ihres Lehrers. Als die Ratsherren diese List gewahrten, legten sie etliche mit einem Zeichen versehene Goldstücke auf den Ratstisch, und sie wurden von dem fliegenden Boten abgeholt.

Nun versammelte sich der ganze Stadtrat in der Ratsstube, um zu beschließen, welche Strafe einer erleiden solle, der das Gemeinwesen beraube. Der diebische Stadtrat, der nicht wußte, worauf die Versammlung abzielte, hatte folgende Meinung: Wer der Gemeinde die Einkünfte entzieht, ist würdig, vom steinernen Kranze des Rathausturmes bis auf die Erde herunterzusteigen oder darauf zu verhungern. Unterdessen schickte man Gerichtspersonen in seine Wohnung. Die fanden darin nicht allein die abgerichtete Dohle, sondern auch die gezeichneten Goldmünzen. Beides wurde dem schuldigen Stadtrat vorgeführt. Der mußte nun die Strafe erleiden, die er selbst vorgeschlagen hatte. Voller Todesangst stand er in Gegenwart vieler hundert Menschen auf dem Kranze des Turmes. Mit Zittern und Zagen erreichte er ein steinernes Geländer. Weiter kam er nicht und mußte dort oben schmählich verhungern.

Das Wandernde Stiefelpaar

Auf dem Steinberge vor den Toren der wie die ganze Oberlausitz dem Böhmischen Kronland angehörenden Stadt Lauban soll am 6. November abends ein sonderbarer Spuk in Form eines Paares alter Reiterstiefel mit klirrenden Sporen umgehen. Darüber erzählt man sich folgendes: Es war zur Zeit des Dreißigjährigen Krieges. Im beginnenden Lenz des 1632sten Jahres streifte ein Trupp kaiserlicher Dragoner mit Wallenstein durch die Stadt Lauban. Sie zogen in diesen von Kriegsvolk entblößten Ort mit Triumph ein und lebten – weil sie sich darin ganz sicher glaubten – mehrere Stunden herrlich und in Freuden, besuchten nach den Wein-, Bier- und Speisehäusern auch die Werkstätten einiger Handwerker und nahmen dort ohne Bezahlung, was ihren Augen gelüstete und ihr Herz begehrte.

Unter ihnen zeichnete sich durch Wildheit und Habgier vorzüglich ein Friedländer aus, dem nichts schön, nichts teuer, nichts gut genug war und der ordentlich eine Ehre darinnen suchte, Menschen recht zu martern. Endlich kam er mit seinen Kameraden auch zu einem Schuhmacher, der sich reichlich mit Schuhen und Stiefeln versorgt hatte. Des Reiters nimmersatte und immer durstige Sippschaft tat sich in des Schuhmachers Küche und Keller gütlich: Allein, Albrecht – so hieß der wildeste der Gesellen – dessen Stiefel vielleicht wirklich nicht in dem besten Zustande sein mochten, verlangte außer dem Mundvorrat auch noch eine Fußbekleidung. Die Schuhe, die er zu klein fand, zerriß er, andere erklärte er für zu plump, wiederum an anderen tadelte er die Größe oder Kleinheit der Bootschen/Stulpen, und gab sie alle dem Eigentümer nebst einigen Klingenhieben zurück.

Dieser nun, vielleicht aus Gewohnheit an solche Kost im krieg gewöhnt oder vielleicht gar ein wenig in der Hexerei erfahren, ertrug mit Gedulkd die Ruten und Schläge, so bitter sie ihm auch sein mochten. Da aber die Klingenblitze einzuschlagen nicht aufhörten, so wurde seiner Nachsicht Tippl doch endlich geleert,und unwirsch holte er aus einer vonden Reitern unbemerkt gebliebenen Trughe, ein Paar prchtvolle Stifel heraus mit den Worten: „Dieser braucht sich der Friedländer nicht zu schämen !" Glücklicherweise genügten sie dem bösen Reiter.

Der Laubaner Schuister war über die freundliche Miene des Kreiesgknecht erfreut und bildete sich ein, jetzt wenigstens die Arbeit bezahlt zu erhalten, wenn er auch darauf gefaßt war, das Leder in Kauf geben zu müssen. Daher verlangte er ein Spottgeld dafür. Bloß irrte er sich darin, denn die Klinge setzte sich wieder in Bewegung und zahltr ihm ebenso viele Hiebe aus, als er Groschen verlangt hatte. Darauf sagte ervollÄrger:"Nun so wollt ich, daß diese Stiefel ewig herumirren müßten!" Das wurde von der Bande mit schallendem Hohngelächter beantwortet und damit Abschied genommen.

Zur Winterszeit am 6.November 1632 wurde bekanntlich die Schlacht bei Lützens Ebenen geschlagen, wobei nun unserm Reiter beide Beine abgeschossen und vom Sturm in die Laubaner Gegend geweht wurden. Schon am dritten Abend nach der Schlacht, also am 9. November, bemerkte man die klirrenden Fußtritte des Kriegsknechts bald auf, bald ab um den Berg herumgehen, und die Worte erschallen: *„Wir machen hier die Runde,*

die Beine hon nieh Ruh´!"
Seitdem besteht dieser Spuk

Quellen:
TextAnfang: Quelle: Kinder und Hausmärchen erschienen im Verlag
Reclam, Leipzig 1984

Der Sagenschatz, Eine Sammlung alter deutscher Sagen, Der
Kinderbuchverlag Berlin, Lizens-Nr.304-270/87/61-(35-II A); Satz und
Druck: Karl-Marx-Werk, Plößneck, V 15/30, 3.Auflage, ES9C, Preis
6,80DM